SUTOPPU!

**Koko wa kono manga no owari dayo.
Hantaigawa kara yomihajimete ne!
Dewa omatase shimashita!
Tanoshii hitotoki wo dozo!**

Egmont-Manga-Chiimu

STOPP!

**Das ist der Schluss des Mangas.
Fangt bitte am anderen Ende an!
Und nun genug der Vorrede,
viel Spaß beim Lesen!**

Euer Egmont-Manga-Team

„Black or White" 03 von Sachimo
Aus dem Japanischen von Claudia Peter
Originaltitel: „Kuro ka Shiro ka "

Originalausgabe:
BLACK or WHITE Volume 3

Deutschsprachige Ausgabe:

verlegt durch Egmont Verlagsgesellschaften mbH,
Alte Jakobstr. 83, 10179 Berlin

3. Auflage 2022
Verantwortliche Redakteurin: Inga Wurzbach
Textbearbeitung: Frank Neubauer
Korrektur: Ulrike Marotz
Gestaltung: Wolfgang Schütte
Koordination: Angelika Schönhuber
Printed in the EU
ISBN 978-3-7704-2621-8

MANGA 漫画

EGMONT

Boys Love

Saku Hiro

NOE67

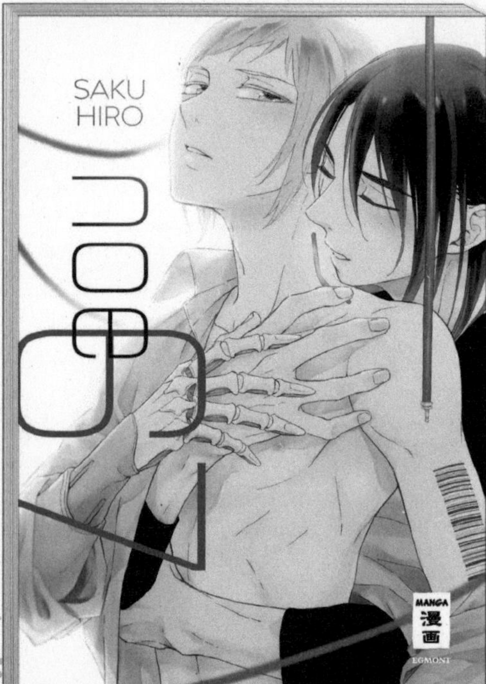

Als der Mechaniker Saga im Schrott nach brauchbaren Teilen sucht, findet er einen bildschönen Androiden. Er ist fest entschlossen, ihn zu behalten und zum Laufen zu bringen – doch das hat Folgen. Denn schnell stellt sich heraus, dass der Android nicht nur ein Modell längst vergangener Tage ist… Er ist auch darauf programmiert, besondere Bedürfnisse zu befriedigen.

Eine wundervolle Geschichte über die romantische Beziehung zwischen einem Mechaniker und einem Androiden.

noe67

Einzelband ISBN 978-3-7704-2854-0
€ 7,50 [D]

MANGA 漫画

EGMONT

www.egmont-manga.de

MANGA
漫画

EGMONT

www.egmont-manga.de
facebook.com/EgmontManga
instagram.com/EgmontManga
twitter.com/EgmontManga

Boys Love

Miso Umeda

DIE STADT IN DEINEN FARBEN

Der Musterschüler Yoshiyuki und der offene Chiba sind schon seit ihrer Kindheit befreundet. Allerdings empfindet Yoshiyuki mehr für seinen beliebten Klassenkamerad, hat aber nicht vor, ihm seine Gefühle zu offenbaren. Erst als feststeht, dass sich ihre Wege nach dem Highschool-Abschluss trennen, gerät er ins Zweifeln…

Die Stadt in deinen Farben

Einzelband ISBN 978-3-7704-2853-3

€ 7,50 [D]

MANGA 漫画 EGMONT

www.egmont-manga.de

MANGA 漫画

EGMONT

MANGA 漫画

EGMONT

www.egmont-manga.de
facebook.com/EgmontManga
instagram.com/EgmontManga
twitter.com/EgmontManga

Boys Love

Hitsuji Sakura
PASSION DRAWING

Daiki ist Zeichner und hat eine Vorliebe für Männerkörper. Als sich der athletische Yusuke bereit erklärt, für ihn zu posieren, ist er kaum zu bremsen. Und der intime Moment, in dem Daiki Yusukes fast nackten Körper mit Blicken und Händen studiert hat, bleibt beiden in Erinnerung. Warum war diese Situation nur so aufregend?

Passion Drawing

Einzelband ISBN 978-3-7704-2655-3

€ 7,50 [D]

MANGA 漫画 EGMONT

www.egmont-manga.de

MANGA
漫画

EGMONT

Boys Love

Reibun Ike

HEISSE NÄCHTE, KALTER STAHL

Schutzgelderpressung, Auftragsmorde, Drogenschmuggel: Alles kein Problem für den selbstbewussten Yakuza Kabu. Nun soll er seinen Vater an der Spitze der Umezaki Familie beerben und die Führung übernehmen. Doch Kabu fühlt sich wohl in seiner bisherigen Position und mit Nirasawa an seiner Seite, der ihm seit Jahren treuergeben ist – bis dieser plötzlich ins Visier der Verhandlungen um die Erbfolge gerät...

Heiße Nächte, kalter Stahl

Band 1 ISBN 978-3-7704-2724-6
€ 7,50 [D]

MANGA 漫画 EGMONT

www.egmont-manga.de

INHALT

BLACK or WHITE

3

Sachimo

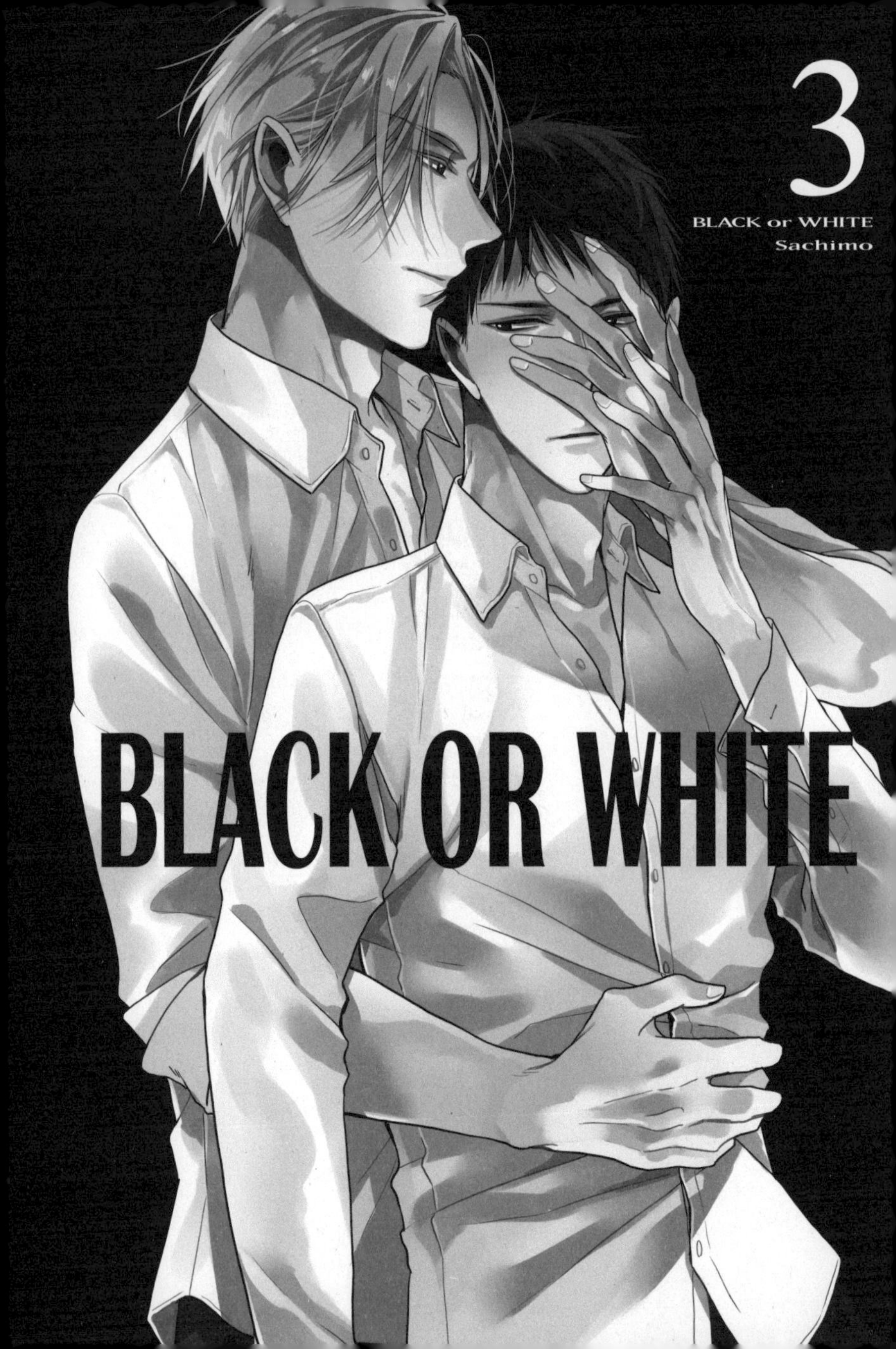
3
BLACK or WHITE
Sachimo
BLACK OR WHITE

BLACK OR WHITE
ACT.
7

MIST!
ZSCHHH
HACH!
ANGE-BRANNT.
ALLES WIEDER OKAY?
MIT DEINEM PO...
STPP

SORRY.
TUT MIR ECHT LEID, DASS DU NICHT MAL MEHR NORMAL LAUFEN KONNTEST …
ICH HATTE ZUM GLÜCK KEINEN DREH, ALSO KEIN PROBLEM!!
HERR UMEJIMA HAT MICH ABER GANZ SCHON ARGWÖHNISCH BEÄUGT.
GEHT SCHON WIEDER.
STAKS
STAKS
SEEEUFZ
OOOH …
OH, OO …
!!
AH!!
APROPOS, ICH TRETE DEMNÄCHST IN EINER GALA-SHOW AUF!! ICH GLAUBE, DAS IST DIE, WO DU AUCH MITMACHST.
UNSER ERSTER GEMEINSAMER AUFTRITT.
HÄ?

!
MEINST DU DIE AUF GET-TV?
JA ...!!
SUPER, GRATULIERE!!
ABER... GLAUBST DU, DU SCHAFFST DAS? ICH MEINE, DAS IST IMMERHIN EINE QUIZSHOW... UND DANN AUCH GLEICH EINE GROSSE GALA.
JA.
ABER HERR TATARA IST EBENFALLS DABEI.
ICH HABE SCHON MIT IHM GESPROCHEN UND ER MEINTE, ER WÜRDE MIR IM NOTFALL ZUR SEITE STEHEN...
...
HAH

ニコッ
SMILE
DANN BIN ICH BERUHIGT.
HM?
SHIN BRAUCHT DIESEN VETERANEN, UM IM SHOWGE-SCHÄFT FUSS ZU FASSEN.
DAS IST MIR SCHON KLAR.

ABER ...
... ES WURMT MICH TROTZDEM.
KENGO TATARA ...
... IST EIN SCHAU-SPIELER, DESSEN POPULA-RITÄT SICH ETABLIERT HAT...
... UND DER ZUR SELBEN KATE-GORIE GEHÖRT WIE ICH.
DAS HEISST ...

... ICH KÖNNTE GENAUSO GUT AN TATARAS STELLE TRETEN.
ZITTER
ZITTER
ZITTER
ZITTER
ZITTER
ZITTER
ZITTER
ZITTER
ZITTER
ZITTER
ZITTER
...
WENN DU SOLCHEN SCHISS DAVOR HAST, WIESO HAST DU DANN ANGE-NOMMEN?
ICH HABE AUCH SCHISS ...
WE...
WEIL ICH NICHT SO WEITER-MACHEN KANN WIE BISHER...
AUSSER-DEM...
... DACHTE ICH, WENN SIE DABEI SIND, SCHAFFE ICH DAS SCHON.

フイッ
PÖH
WIE'S SCHEINT, HAST DU VOR, MICH NACH STRICH UND FADEN AUS-ZUNUTZEN.
HAH ハッ
!!
DAS IST NICHT WAHR...
SCHON GUT.
KOFF
OHNE EIN PAAR EGOISTISCHE HINTERGEDANKEN KOMMT MAN IM SHOWGESCHÄFT AUF KEINEN GRÜNEN ZWEIG.
ABER SO WAS SCHAFFST DU DOCH MIT LINKS.
SPIELE EINFACH „DEINE ROLLE".
„ALSO SPIELE EINFACH WIE IMMER..."
„... DEINE ROLLE'."

DENSELBEN RAT HABE ICH NEULICH SCHON MAL BEKOMMEN.
ABER ES HAT NICHT GEKLAPPT.
WIEDER VON DEINEM AGENTEN?
MEINE ROLLE ...
MEINE ROLLE ...
KRUIK
AH!! ÄHM!! JA!!!
OB-WOHL ...
BEI DIR WÜRDE ICH SAGEN, SEI LIEBER DU SELBST.
HÄ?
NOCH BIST DU KEIN STAR...
... ALSO BRAUCHST DU DICH VORERST NOCH NICHT GROSS ZU PRO-DUZIEREN.
ÜBER-LASS DAS EINFACH MIR.
ICH BIN ZIEMLICH GUT IN SOLCHEN SHOWS.

HERRJE.
DU SIEHST ÄNGST-LICH AUS.
HAST DU LAMPEN-FIEBER?
JA.
QUIZ-SHOWS LIEGEN MIR NICHT SO...
UND MEIN AGENT SAGTE: „SPRICH SO WENIG WIE MÖGLICH, SONST MERKEN ALLE, WAS DU FÜR EIN IDIOT BIST."
SMILE
HI! HI!
DU BIST ECHT LUSTIG, SHIGE.

DAS IST SO DURCHSICHTIG.
O MANN, HOFFENTLICH GEHT ALLES GUT.
HÄ?
Willkommen zur jährlichen Gala auf Get-TV…
… und zu unserer Allstar-Quizshow!!
CLAP
CLAP
CLAP
CLAP
WAAAH
Es treten an: Team „Reife Frauen“ aus der neuen Dienstagabend-Serie.
GUTEN ABEND.
KYAAAH
KYAAAH
Team „ODD Love“.
N'ABEEEND! ♡
GYAAAH
GYAAAH

* WADOYA, TRADITIONELL JAPANISCHE BAR.

AH ...
GU...
STRAHL
は。
GUTEN ABEND ALLER-SEITS!!
!?
Heute mit zwei Mitgliedern, die gerade in aller Munde sind!!
Daichi Hosoya, der wie Sie alle wissen, der Sohn einer Berühmthei ist.
Und Shin Washimiya, der eine Zeit lang im Internet für Furore gesorgt hat.
HÄ, ICH DACHTE, WIR MÜSSTEN NUR HALLO SAGEN!
Wir sind sehr gespannt, wie ihr euch in einer Quizshow schlagt.
HALLO!
WASHI-MIYAAA !!
WOOSH
BLEIBEN SIE RUHIG, HERR AGATA! (LOL)
RICHTIG, SIE MÖGEN IN ALLER MUNDE SEIN, SIND ABER NOCH BLUTIGE ANFÄNGER.
DESHALB BIN ICH HEUTE ALS IHR BESCHÜTZER DABEI.
TOOOS
Hahaha, das wird die beiden sicher beruhigen!!

IM GRUNDE HASSE ICH NEULINGE... ICH MEINE, IMMERHIN NEHMEN SIE MIR DIE JOBS WEG.
ABER IN JÜNGSTER ZEIT SIND SIE FÜR MICH AM SET AUCH EIN ANSPORN UND WIR SIND RICHTIG DICKE FREUNDE GEWORDEN.
TOOOS
STIMMT'S ?!
GRAPP
HÄ?
ÄHM ...
Ach so? Das hört sich an, als hättet ihr Angst vor Herrn Tatara.
ER MACHT MICH OFT GANZ SCHÖN ZUR SCHNECKE...
MICH AUCH ...
H
HAH
O NEIN.
AN DER STELLE HÄTTE ICH IHN BESTÄTIGEN MÜSSEN.

ICH HAB'S VERMASSELT...
HEY! BESTÄTIGT GEFÄLLIGST, WAS ICH GESAGT HABE!!
DOPP
WIR VERSTEHEN UNS PRÄCHTIG!!
UGH ...
TOOOS
Der strahlende Held gängelt den Bösewicht!
HA! HA! HA! HA! HA! HA! HA!
HUCH?
... Team „Smaragd-Gang“.
HOOOY!!
CLAP CLAP CLAP CLAP
MURMEL
SCHON GUT, BESCHIMPFT MICH RUHIG ...
... WENN IHR IN DER KLEMME STECKT.
HERR TATARA IST WIRKLICH...
EIN ECHTER PROFI...
...
HMPF!
HAUPTSACHE, IHR RESPEKTIERT MICH!
PÖH

... UNGLAUBLICH.
PAMM
Los geht's.
Welches Tier stammt aus Afrika und wird als „heilige Katze"…
DINGDOOOONG
DIE BESSINIER-KATZE!!
Die Frage war eine Steilvorlage für den Gorilla von ODD.
TOOOS
JA!! MIT AFRIKANISCHEN TIEREN KENNE ICH MICH AUS... MOMENT MAL, WIESO GORILLA?!
HA! HA! HA! HA! HA! HA! HA! HA!
WAHNSINN ...
DAS WUSSTE ICH AUCH ...
ICH SOLLTE WENIGSTENS EINMAL AUCH ANTWORTEN.
Die nächste Frage kommt aus dem Bereich Manga!!
UNTER-
POLITIK
MANGA
BLINK
IN MOFUS MANGA „DER TROTTEL VON TOKYO"...
AH...
DAS ...
... schickt der Held Yamada achtmal dasselbe in seine Heimat. Was war das?

ICH WEISS ES!!
WOOSH
Und was sagt er immer darüber?
HIER!!
STILLE
...
HUCH?
TOOOS
SWUSH
Das war schnell, aber du musst den Knopf drücken.
AH!!
HEY!
NA LOS, WASHIMIYA!
OH MANN, DAS IST WIEDER MAL TYPISCH ICH...

かぁあ あっ…
BLUUUSH
TUT MIR LEID…
WO IST MEIN MAU-SELOCH?
きゅうぅうん
SCHMAAAACHT
RÄUSPER
Ä-äääähm… schön, dass wir deinen wahren Charakter kennenlernen, Washimiya, aber du musst drücken! Drück!
BLUUUSH
LOS!
BONK
AH…
DINGDOOONG
Oh!

Da war wohl jemand so herzlos…
… und ist dir zuvorgekommen!!
WAS?!
Das Recht zu antworten …
… liegt jetzt beim Team „Reife Frauen“!!
EINE SCHACHTEL MIT 12 STÜCK DURIAN*-KONFEKT IN LIMITIERTEM, SAISONALEM DESIGN.
UND ER SAGT: „ICH KAPIERE NICHT, WIESO DA BANANENGESCHMACK DRAUFSTEHT, WO ES DOCH DURIAN SIND.“
DINGDONG
DINGDONG
DINGDOOONG
Da …
* ASIATISCHE FRUCHT MIT SEHR EIGENEM GESCHMACK UND GERUCH.
Das ist richtig!!
PERFEKTE ANTWORT!!
Aber von wem sie kam, überrascht mich jetzt doch!!
Heißt das, Ihr lest Mangas, Prinz?!
DAS TUE ICH. ICH LIEBE MANGAS!
K-YAAAH

STIMMT JA, DAS WAR EIN MANGA VON SHIGE.
Wir lernen unsere Gäste heute wirklich von einer ganz neuen Seite kennen, nicht wahr?!
Man könnte auch sagen: fette Beute!!
HA! HA! HA! HA! HA! HA! HA!
VERDAMMT, SHIGE...
WAHN-SINN!
AH ...
DIESE FRAU...
DAS IST DIE, MIT DER SHIGE DEMNÄCHST EINE KUSS-SZENE HAT.
HMPF

DIE RÜCKT IHM GANZ SCHÖN ...
... AUF DIE PELLE.
UND AUF SO WAS STEHST DU...
HÄ?!
... MAI HORIKIRI?
AH... ER MEINT SIE.
AH... ÄÄÄH... ÄHM...
DANN MUSS ICH ES WOHL SO DREHEN.
JA, ICH FINDE, SIE IST WUNDER-SCHÖN.

AHA. ICH HABE IHRE NUMMER, ABER DIE VERRATE ICH DIR NICHT.
HA HA ...
DAS DACHTE ICH MIR SCHON.
DAS TUT MAN AUCH NICHT.
VER-DAMMT ...
WWTT
GRMPF ...
WAS IST DAS BLOSS?
WAS IST MIT MIR LOS?!!
ZONK
WAH!
STARR KEINE LÖCHER IN DIE LUFT UND SIEH ZU, DASS DU MAL ANTWORTEST. DAS IST KOSTBARE ZEIT, UM FÜR DICH WERBUNG ZU MACHEN.
BONK BONK
GANZ SCHÖN ANHÄNG-LICH.
I-ICH DACHTE, ICH MUSS MICH NICHT PRODUZIE-REN...
SIE KÖNNTEN AUCH MAL EINE FRAGE BEANTWOR-TEN...
SEHR GUT, DAS IST DIE RICHTIGE EINSTEL-LUNG...

...
HÄ?
...
HAAAH!
DIESE KIDS SIND EINFACH NICHT FÜR FERNSEHSHOWS GEMACHT.
UND ICH HABE IHM NOCH EINGESCHÄRFT, NICHT DEN MANGA-NERD RAUSHÄNGEN ZU LASSEN...
* KAUM HÖRBARES FLÜSTERN.

DESHALB MÜSSEN WIR DAFÜR SORGEN, DASS SIE SICH TRENNEN.
UND ZWAR SCHNELL! DER KERL IST EINE TICKENDE ZEITBOMBE.
SORRY, ABER DAS KANN ICH NICHT ZU-LASSEN.
DIESE BEZIEHUNG GIBT MEINEN JUNGEN PSYCHISCHEN HALT... DAS IST WICHTIG.
WIR MACHEN JETZT PAUSE!!

* HEALTH POINTS (GAMER-SPRACHE).

LASS UNS MAL WIEDER EINEN TRINKEN GEHEN.
...
ABER ...
... DIESER BLONDSCHOPF IST AUCH NICHT GANZ ECHT, ODER?
ICH MEINE, ICH KENNE IHN NICHT, ABER...
DAS DACHTE ICH SCHON, ALS ICH IHN VORHIN ZUM ERSTEN MAL SAH.
HUCH?
NEIN, DAS WAR GAR NICHT DAS ERSTE MAL.
?
GENAU, ICH BIN DEM KERL VOR KURZEM SCHON MAL BEGEGNET.
ER HAT MICH...

HAH
AM BESTEN FRAGE ICH IHN MAL.
WASHIMIYA!!
...!!

MANNO-MANN...
JA.
EINE „ZEITBOMBE"... HM...
WAHRSCHEINLICH STRENGT SHIN SICH NEUERDINGS DESHALB SO AN, DAMIT ER MIT SHIGE ZUSAMMEN-BLEIBEN KANN.
MIT DEM ERGEBNIS, DASS ER GENAU DER IST, DEN SHIGE SICH ERHOFFT...
... UND DIE ZUKUNFT GENAU DIE, DIE SHIGE UM JEDEN PREIS VERMEIDEN WILL.

OB DER JUNGE DAS WEISS?
カチャ
KLACK
SPÄH
...
NANU?
SHIGE... IST DOCH EBEN HIER REIN-GEGANGEN, ODER?
IST DAS DUNKEL.
PADAMM

SCHLING
WAS ZUM...
DAS KANNST DU DOCH NICHT MACHEN!
SORRY.
—!!
SHINS GERUCH IST VER-MISCHT...
FUWAH...

... MIT DEM EINES ANDEREN!
SHIT!
KRONK
SHI...
SHIGE!
WUTT

SIEHST DU...
HÄ?
GENAU DESHALB WOLLTE ICH NICHT MIT DIR SCHLAFEN!
OBWOHL ICH DICH NIEMANDEM ZEIGEN WILL...
WEIL ICH WUSSTE, DASS ICH DICH DANN NICHT MEHR LOSLASSEN KANN.
OBWOHL ICH NICHT WILL, DASS EIN ANDERER DICH BERÜHRT...

SHIN ...
... KANN ICH NIEMANDEM SAGEN, DASS DU „MIR GEHÖRST".
ICH LIEBE DICH.

Eine weitere richtige Antwort von Team „ODD Love“!!
DINGDONG
DINGDONG
DINGDOOONG
CLAP
CLAP
CLAP
YAAAY
RICHTIG

Und ein entscheidender Punkt für unsere Popstars, die anders, als ihr Äußeres vermuten lässt, hochgebildet sind!!
JEPP, JETZT KÖNNT IHR UNS NICHT MEHR ALS DEPPEN DISSEN!
HA! HA! HA! HA! HA! HA!
SORRY, SHIN.
ICH WEISS, DAS IST DEIN ERSTER AUFTRITT BEI EINER GALA, ABER DIESMAL SCHNAPPEN WIR UNS DEN SIEG.
HM?
...
Und der Sieger heißt: Team „Showbiz Blitz“!
YEEEAH! ♡
?!
CLAP
CLAP
CLAP
CLAP

BITTE VERGIB MIR!!
ちょ
FLUMP
ん
ド
GROAR
ン
WIE KONNTEST DU NUR, AUSGE-RECHNET IM FERNSEH-STUDIO?!
DU BIST IMMER SO VORSICHTIG, ABER MANCH-MAL MACHST DU SACHEN, DIE SIND EINFACH UNGLAUBLICH.
WIE AN MEINEM SET AUFTAUCHEN UND SO.
JA...
DAS GEHT ABER NICHT!!
ドスコイ!!
BAZAMM
GHOFF
* NACH DEM KNIEFALL.

...
BEREUST DU ES ETWA...
... MIT MIR GESCHLAFEN ZU HABEN?
AH ...
HAST DU SIE NOCH ALLE?!
DOCH NUR, WEIL...
SSST
ZERR
GRAPP
!!

FUMP
HH...
KISS
KISS

BONG
HAH
WAG ES JA NICHT, DAS ZU BEREUEN.
DANN KANNST DU MICH EBEN NICHT MEHR LOSLASSEN, NA UND?

ICH ...
... HABE EH NICHT VOR, MICH VON DIR ZU TRENNEN!
SHIN IST...
... SO UN-GLAUBLICH COOL UND MÄNNLICH.
DER WAHRE „PRINZ“...
... IST WAHR-SCHEINLICH SHIN.

ABER... FÜR WIE LANGE...
... WIRD ER NUR NOCH „MEIN PRINZ" SEIN?
DU, SHIGE ...
LASS ES MICH DIESMAL MACHEN.

ISESAKI PRO
AH, HERR UMEJIMA!
SCHÖN, DASS SIE WIEDER DA SIND.
WIE WAR DIE AUFZEICH-NUNG?
HM?
SIE HABEN NÄMLICH BESUCH.
BESUCH ...?

ENTSCHULDIGEN SIE, DASS SIE WARTEN MUSSTEN...
... HERR TATARA.
ICH BIN WIRKLICH FROH, DASS SIE BEI DER AUFZEICHNUNG DABEI WAREN.
DANKE, DASS SIE MEINEN SCHÜTZLING WASHIMIYA HEUTE SO TATKRÄFTIG UNTERSTÜTZT HABEN.
KEIN DING ...
UND WAS FÜHRT SIE ZU MIR?
HAT WASHIMIYA IRGENDETWAS ANGESTELLT?
ICH...

ICH HABE MOMENTAN NUR DAS ENGAGEMENT BEI „RANGER CAMPUS" UND WERDE DORT WOHL IN KÜRZE AUSSCHEIDEN.
GLEICHZEITIG STEHT DER TERMIN FÜR MEINE VERTRAGSVERLÄNGERUNG UNMITTELBAR BEVOR.
UND ICH ÜBERLEGE, DEN VERTRAG MIT MEINER JETZIGEN AGENTUR NICHT ZU ERNEUERN.
WAS ...?
ICH WAR IN LETZTER ZEIT VIEL ZU ZÖGERLICH UND FEIGE, ABER ...
... ICH HABE ENDLICH MEINE LUST AN DER SCHAUSPIELEREI WIEDERENTDECKT.

BITTE NEHMEN SIE MICH BEI ISESAKI PRO UNTER VERTRAG!
――!!
WENN EINER ...

ACT. 7 – ENDE

BLACK OR WHITE

ACT.
8

ZAMM
GOLLER
GOLLER
ICH WERDE NIEMALS KLEIN BEIGEBEN UND TUN, WAS IHR SCHLEIM-SCHEISSER MIR SAGT! UMS VERRECKEN NICHT!
UND WAGT ES JA NICHT, MEI-NEN LEUTEN AUCH NUR EIN HAAR ZU KRÜMMEN!!

KREPIERT DOCH!!
ドカッ
POLTER
UWAAAAH!
ガッ
KRAKLIIIRR
CUUUT!
TUSCHEL
ICH FÜRCHTE ...
... WENN DU SO ENERGISCH AUFTRITTST, WIRKT DER HAUPTDARSTELLER NEBEN DIR ZU BLASS.
KAMERA-PROBE FÜR SZENE 16!
UND NUR, WEIL DU AN POPULARITÄT GEWONNEN HAST, MUSST DU NICHT GLEICH ZUM AUFSCHNEIDER WERDEN.
ENT-SCHULDI-GUNG.
NICHT DOCH.
ICH HABE IHN IMMER FÜR ÜBERHEBLICH GEHALTEN...
... WEIL ER SICH NIE MIT ANDEREN UNTERHÄLT, ABER...
HEY!

WIESO BRINGST DU DAS ÜBERHAUPT MIT?
STARR NICHT STÄNDIG IN DEIN SKRIPT!
KANNST DU DEINEN TEXT NICHT LERNEN, BEVOR DU ANS SET KOMMST?
AH ...
ÄHM... ICH KANN MEINEN TEXT, ICH GEHE IHN NUR NOCH MAL DURCH...
ZUR SICHER-HEIT...
WAS ZUM TEUFEL REDEST DU DA!
WUSH
...
DU BIST DER-JENIGE, DER SICH STÄNDIG VERHASPELT. DER JUNGE DA HAT NICHT EIN-MAL GEPATZT!
AH... ÄH... ABER NICHT, WEIL ICH MEINEN TEXT VERG...
HÄ?
JA, JA.
PAH!
DASS DER JUNGE MIT GANZEM HER-ZEN BEI DER SACHE IST, SIEHT DOCH JEDER!
ÄHM ...
MURMEL
ÜBRIGENS PRÄGE ICH MIR DEN TEXT IMMER ERST KURZ VORHER EIN.
UM IHN NICHT ZU VERGESSEN.

UND WEIL MEINE AUGEN NACHLASSEN.
SCHMACHT
きゅ
きゅ
ん
SCHMAAACHT
ER IST NUR STOISCH UND ETWAS SCHÜCHTERN.
DAS WAR MIR VON ANFANG AN KLAR.
KANN JA JEDER SAGEN.
HEY, DU GEHORST NICHT AN DIESEN SET!
ABER ...
... IRGENDWIE...
... IST ER IN LETZTER ZEIT ANDERS ALS FRÜHER
WER WEISS, VIELLEICHT HAT ER EINE NEUE FREUNDIN.
HA! HA! HA!
ALSO... WENN ICH MEINEN FINGER DRAUFLEGEN MÜSSTE...

... WÜRDE ICH AUCH SAGEN, ER IST... SEXY GEWORDEN.
DU, SHIGE ...

LASS ES MICH DIESMAL MACHEN.
SHIN?

DIESEN GESICHTS-AUSDRUCK SEHE ICH ZUM ERSTEN MAL BEI IHM.
ちゅ KISS
SHI...
ちゅ KISS
ちゅ KISS
ちゅ KISS
DU BIST SO ENERGISCH!
スル VRUSH
HM?

LICK
KISS
SELTSAM ...
IRGENDWIE FÜHLT SICH DAS FREMD AN.
HAPP

HÄ ???!!!
WIE SÜSS ER IST, WENN ER AN MEINEN BRUST-WARZEN SAUGT...
SUCK
SUCK
SUCK
HUCH?! UNSINN, ICH MEINE...
MIT „LASS ES MICH DIESMAL MACHEN“...
... MEINT ER DOCH ...
... NICHT ETWA ...!!!!

SLICK
A-ABER ER HAT RECHT, WIR HABEN NIE WIRKLICH DARÜBER GE-SPROCHEN...
SLICK
SLICK
SLICK
ICH HABE DAS IMMER EINFACH ENTSCHIEDEN... ABER ER IST SCHLIESSLICH AUCH EIN MANN. WIE KONNTE ICH NUR SO EGOIS-TISCH SEIN?!
HUCH ...?
ALS ER DAS NEULICH BEI MIR GEMACHT HAT... WÄRE ICH FAST VERGANGEN VOR LUST. MACHE ICH IRGENDWAS FALSCH?
SEUFZ
SHIN...
JA?
ICH... ÄHM... BIN HEUTE NICHT DARAUF VORBEREI-TET.
AUCH INNERLICH NICHT.
SOLLEN WIR DAS NICHT VERSCHIE-BEN?
DU MUSST DOCH TOTAL FERTIG SEIN NACH DER GANZEN ANSPANNUNG HEUTE.

PLI
PLI
NÖ.
HMPF...
PLING
DU HÖRST DOCH AUCH NICHT EINFACH AUF, WENN DU EINMAL ANGE-FANGEN HAST.
GOOONG
WO-WOHL WAHR.

EIN DERARTIGES...
ICH HÖRE DOCH JETZT NICHT AUF!
... VERLANGEN, IHN ZU BERÜHREN, HATTE ICH NOCH NIE.
ICH WILL MIT SHIGE SCHLAFEN.
FLAFF
BIN ICH...
... VIELLEICHT GEILER GEWORDEN?
BUBUMB
KOMM HER.
NA SCHÖN, ICH BIN AUF ALLES GEFASST.
ギシ...
KREEK

ゴソ
FUMMEL
BUMB
BUMB
BUMB
NANU ...?
HEUTE WIRD ER GAR NICHT GRÖSSER.
スル
ZUPP
じ
STARR
UWAH ...

DAS IST DAS ERSTE MAL... DASS ICH IHN SO NAH VOR MIR SEHE.
ER IST...
... UNGE-FÄHR WIE MEINER.
ふにょ
KNUDD
NUR...
... IST SEINE HAUT SCHON ZURÜCKGE-ZOGEN.
UND DIE FORM IST AUCH...
ZUCK
ぱく
HAPP
AH...
HAMM
HAMM
ES FUNKTIO-NIERT...

ICH HATTE ZU VIEL SCHISS, DESHALB WAR ER SO SCHLAFF.
ÄÄÄH ...
ECHT JETZT?
HAMM
SHIN ...
HAMMGH
SHIN MACHT ES...
U...
...WAH!
GUMP
HAH

ぺろ
LICK
IST DAS...
... GUT SO?
ぐぐ...
WWUTT
IN DEN MUND NEHMEN ...
... DEN MUND VERENGEN... AN DER SPITZE SAUGEN...
... DIE ZUNGE DAZUNEHMEN...
くぽ
KIUP
くぽ
KIUP
... SO WIE SHIGE ES GEMACHT HAT.

NN...
SHIGES MUND... HAT SICH NÄMLICH DAMALS WAHNSINNIG GUT ANGEFÜHLT...
MN ...
JUGH
GH...
JULUP
NN...
JUPP
FWIP
BEB
SHIN ...?
ICH WILL DICH AUCH ANFASSEN.
...
FUCH
HEUFHE FHIN IFH FHRAN!

BEB
BEB
FWIP
FWIP
LICK
LICK
ZUCK
ZUCK
ZUCK
SLUPP
HAH
ZUCK
ビクッ
WOBBL
ぶるんっ
AH!
HNGH

ビクッ
ZUCK
ビクッ
ZUCK
すり
SUSH
すり
SUSH
ギッ
GNN
SHUDDER
NN...
ぐっ
WUTT
ぐっ
WUTT
ICH WERDE NICHT...
HUH ...
HH ...
ZITT
ぐぽ
GJUP
ぐぽ
GJUP
... VER-LIEREN!!
ぐぽ
GJUP
ぐぽ
GJUP
ビク
ZUCK
JOCK
くいっ
くいっ
JOCK
くいっ
JOCK
NGH ...
ICH VERLIERE BE...
NN ...

ZUCK
NN...
ZUCK
ZUCK
UHM ...
ZUCK
UNGH ...
ZUCK
ZUCK
FLUT
ZITT
ZITT
ZITT
DRIP
NN ...
UNGLAUB-LICH...
ER ZITTERT SELBST IM MUND.
GH ...
SHIN...
NN ...

ICH KOMME GLEICH...
NIMM IHN AUS DEM MU...
ZITT
ZITT
HNNNG
...
KH ...
BLOSH
ZITTER
HH...
AH...

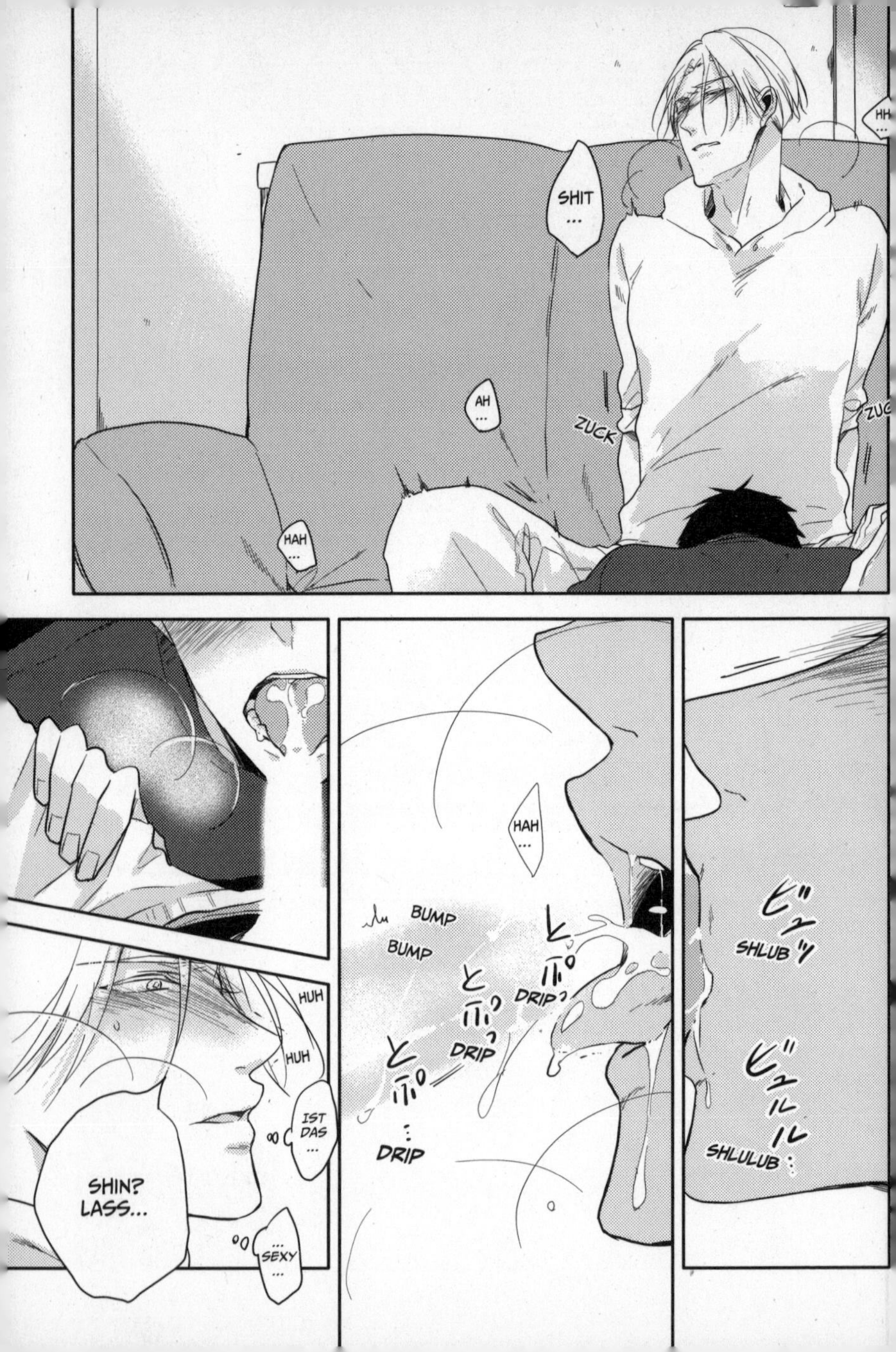
SHIT ...
ZUCK
AH ...
HAH ...
ビュッ
SHLUB
ビュルル
SHLULUB ...
HAH ...
BUMP
BUMP
DRIP
DRIP
DRIP
HUH
HUH
IST DAS ...
SHIN? LASS...
... SEXY ...

LASS GUT SEIN!
UMPH
DU MUSST DAS NICHT TUN. NICHT SCHLUCKEN!!
DAS IST NIX ZUM TRINKEN.
ZITTER
ZITTER
ZITTER
ZITTER
HERRJE …
ZUFF
ZUFF
HIER, SPUCK ES AUS!!
PRINZ
…
MACH KEINEN UNSINN…
SEXY …
DAAH …
SCHMECKT SALZIG.
DABEI HAST DU NEULICH KEINE MIENE VERZO-GEN.

DEINS SCHMECKT JA AUCH SÜSS.
LÜGNER!!
NEIN, WIRKLICH.
ABER ...
HM?
... ICH BIN FROH, DASS ICH ES GE-SCHAFFT HABE.
DANKE.
ÄÄÄHM, HEISST DAS...
... DU WOLL-TEST ES NUR MAL AUSPRO-BIEREN?
?
JA.

* NEKO, JAP. FÜR KATZE, IST IM YAOI DER EHER PASSIVE TEIL EINES PAARES. DER GEGENPART HEISST TACHI.

ABER ...
... HEUTE WOLLTE ICH DIR LUST BEREITEN...
... UND MAL WAS AUS-PROBIEREN.
DAMIT DU NIE WIEDER SO ETWAS ABSCHEULICHES SAGST WIE: „ICH WOLLTE NICHT MIT DIR SCHLAFEN."
DA...
DAMIT DU NICHTS VON DEM, WAS DU MIT MIR GEMACHT HAST, JE WIEDER VERGESSEN KANNST.
AUSSER-DEM..

... SOLLST DU DEMNÄCHST...
BLUUUSH
かぁぁ
... BEI DEINER KUSSSZENE AN MICH DENKEN.
UNGH...
SHIN ...
DANKE.
ICH LIEBE DICH.
...
UGH ...
WIRKLICH... ICH WAR EIN IDIOT.
BHFF.

SUSH
Herr Umejima
VVVM
MORGEN ...
...
VVVM
VVVM
SUFZ
MORGEN HAST DU EINEN DREH, ODER?
VVVM
VVVM

とん…
TIPP
?
MUSST DU DA NICHT RANGEHEN?
ICH BIN... WIRKLICH...
... GEILER GEWORDEN.
ABER LANG-SAM...
... UND NUR EIN BISS-CHEN...

DRÖPPEL
UWAH... IST DAS GLIBBE-RIG.
DAS ZEUG IST ÜBERALL.
WOW...
ALSO HAST DU DICH AUCH DARAUF VOR-BEREITET?
HM ...
SUSH
ZUCK
SCHÄTZE, ER HAT GLEITCREME GENOMMEN ...
GJUP
NN...

AUCH DIE VORBE-REITUNGEN MACHEN MIR NOCH ANGST...
... UND ES FÜHLT SICH IMMER NOCH WAHNSINNIG FREMD UND UN-ANGENEHM AN.
HH ...
ABER...
GUTCH
GUTCH
GUTCH
GUTCH
NN ...
UH ...
く
は。
GJUP
きゅララ
DEEEHN
GULP

SAG MAL...
スル..
VRUSH
... DU HAST DOCH VORHIN MIT MEINEN NIPPELN GESPIELT.
KNEIF
AH...
ビクッ
ZUCK
かぁぁ
BLUUUSH
HH ...
WUTT
WUTT
HEISST DAS... ES HAT DIR GEFALLEN, ALS ICH DAS GEMACHT HABE?
HH...
ZUCK
KRIBBEL
KRIBBEL

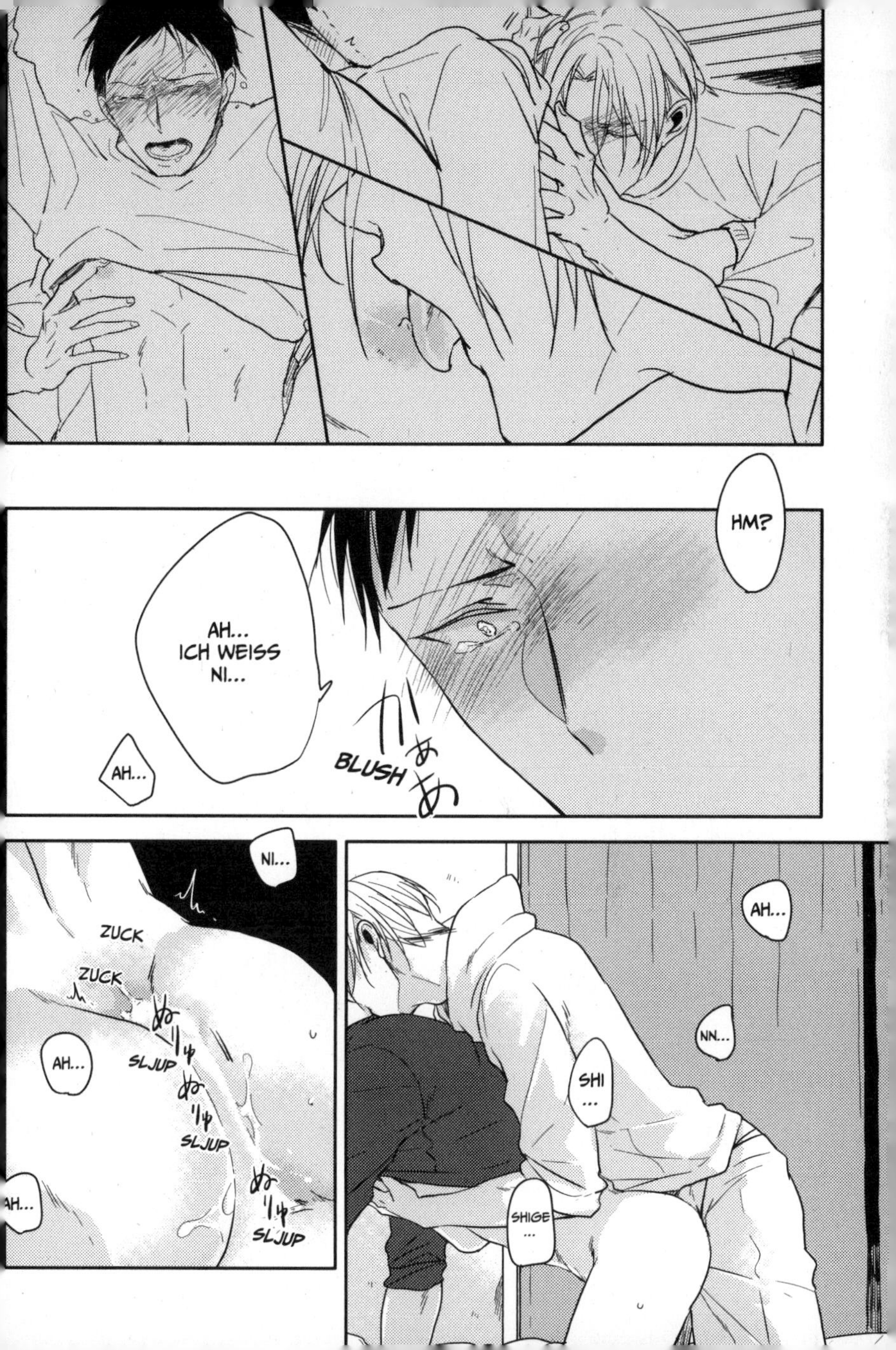
HM?
AH... ICH WEISS NI...
BLUSH
AH...
AH...
NN...
SHI ...
SHIGE ...
NI...
ZUCK
ZUCK
AH...
SLJUP
SLJUP
AH...
SLJUP

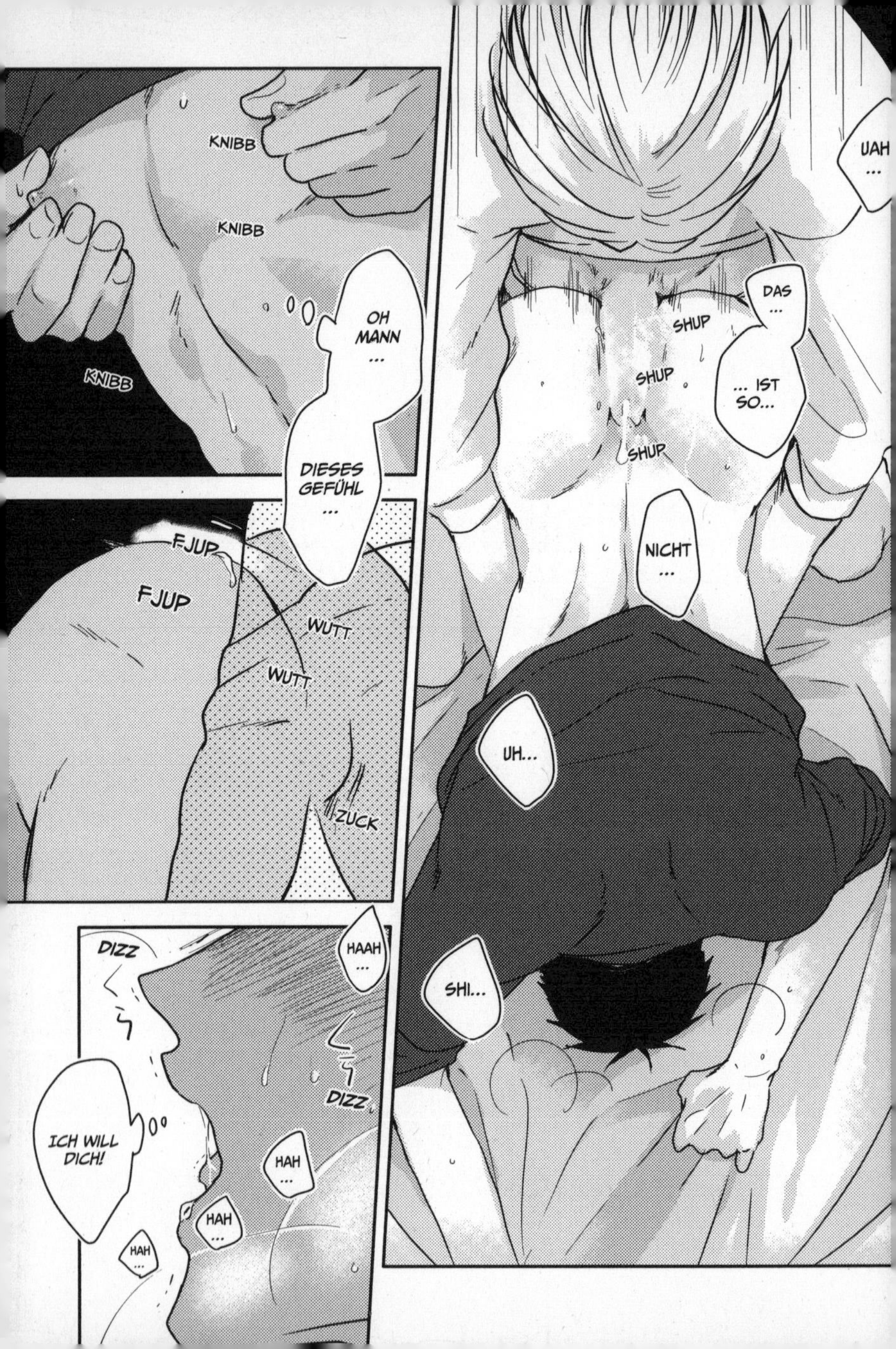
UAH ...
DAS ...
SHUP
... IST SO...
SHUP
SHUP
NICHT ...
UH...
SHI...
KNIBB
KNIBB
KNIBB
OH MANN ...
DIESES GEFÜHL ...
FJUP
FJUP
WUTT
WUTT
ZUCK
HAAH ...
DIZZ
DIZZ
ICH WILL DICH!
HAH ...
HAH ...
HAH ...

NN...
WTT
ICH WILL DICH!
BEB
BEB
BEB
AAAH ...
GNRK

VVVM
ZUUUCK
VVVM
VVVM
VVVM
SHIN ...
ICH GLAUBE, DIESMAL MUSST DU WIRKLICH DRANGEHEN.
JEPP ...
LIEGEN GELASSEN
DANN EIN ANDER-MAL.
KISS
WENN WIR UNS RICHTIG VIEL ZEIT LASSEN KÖNNEN.

JA...
...
DU BIST WIE EIN OFFENES BUCH...

WAS IST?
SIE RUFEN DOCH SONST NIE AN.
Was zum Teufel geht da vor?
Die Sache mit den beiden ist aufgeflogen.
TOP-NEWS > SHOWBIZ > BUSINESS
KENGO TATARA: GERÜCHTE ÜBER EINEN AGENTURWECHSEL

HMMM?
NUN JA... ES KOMMT, WIE ES KOMMT.
SHIGE!
SORRY, DASS ICH DEINEN GLÜCKSRAUSCH UNTERBRECHE, ABER ES GEHT UM DIE ARBEIT.
...
DIE EINSCHALT-QUOTEN FÜR DIE ERSTE FOLGE VON „REIFE FRAUEN" WAREN SCHLECHTER ALS ERWARTET.
JA?
...
JA.

TJA ...
NUR WEIL DER HAUPTDARSTELLER POPULÄR IST, KRIEGT MAN NICHT GLEICH GUTE QUOTEN.
AUSSERDEM IST ES DIE ERSTE FOLGE... DAS KANN SICH SCHNELL ÄNDERN.
ABER VIELLEICHT WIRD ES LANGSAM ZEIT, DEIN IMAGE ZU ZERSTÖREN.
ZERSTÖREN?
ICH HABE DA SCHON WAS INTERESSANTES IN AUSSICHT. SOBALD ES SPRUCHREIF IST, ERZÄHLE ICH DIR MEHR DAVON.
JA... ABER JETZT...
WIR BEGINNEN MIT SZENE 24!!

PATT
... MUSST DU ERST MAL DIE UNMITTEL-BAR VOR DIR LIEGENDEN AUFGABEN LÖSEN.
VERBEUG
HAAAH ...
bar KAZO
OPEN
AHAAA ...

IN DER THEATER-AG ALSO.
HACH, DIE JUGEND ...
JA, DA HABEN WIR UNS KENNEN-GELERNT.
ABER ZUSAMMEN-GEKOMMEN SIND WIR ERST NACH UNSEREM SCHULAB-SCHLUSS.
DAS WILL ICH GENAUER WISSEN!!
HÄÄÄ?
WO SOLL ICH DA ANFAN-GEN?
ICH ...

... MAG DICH...
... HIMEMIYA!
HÄ?
AH...

SO...
SORRY.
ICH... VERSTEHE SCHON.
WAS SOLLST DU AUCH SAGEN, WENN EIN MANN DIR AUS HEITEREM HIMMEL SEINE ZUNEIGUNG GESTEHT. SORRY, ICH WOLLTE DICH NICHT...
NEIN!!
ICH STEHE AUCH AUF MÄNNER.

ICH HAB'S GESAGT ...
HÄ? ECHT?
JA... ABER, ÄHM...
... DAS IST GERADE ALLES... ETWAS... VERWIRREND.
SOWAS PASSIERT MIR ZUM ERSTEN MAL.
ÄHM...
OKAY.
ALLES KLAR.
DANN WARTE ICH.
ABER ES IST MIR ERNST, ALSO BITTE DENK DARÜBER NACH.

HÄ... SO WAS ...
ABER EINS SOLLTE DIR KLAR SEIN.
ICH WILL AUF KEINEN FALL NUR MIT DIR BEFREUNDET SEIN.
ALSO ...
... DARF ICH WAR-TEN?

OH MANN ...
DER KERL IST ZUM NIEDER-KNIEN!!
ICH MUSS GESTEHEN, ICH HATTE IHN AUCH MAL KURZ AUF DEM RADAR, UND ICH BIN EXTREM WÄHLERISCH.
DAS HÖRE ICH ZUM ERSTEN MAL!!
PAMM
APROPOS, WIESO WAR ER EIGENTLICH DAMALS BEI SHIGE?
ABER SHIGE WAR OFFEN-SICHTLICH NICHT IMMER SCHWUL.
UND EHRLICH GESAGT IST ER ÜBERHAUPT NICHT MEIN TYP, DESHALB KONNTE ICH MIR DAMALS AUCH NICHT VOR-STELLEN, MIT IHM ZUSAMMEN ZU SEIN.
DU BIST NOCH WÄH-LERISCHER ALS ICH!!
APROPOS, WER WÄRE DENN DEIN TYP?
DER GORILLA VON ODD.
IM ERNST?
DER HIER.
AUSSERDEM KONNTE ICH ES GAR NICHT GLAU-BEN...DASS SO EIN UMSCHWÄRMTER TYP AUSGERECH-NET AUF MICH STEHT...

ABER IRGENDWANN HAST DU ES DANN GE- GLAUBT.
JA.
OKAY ...
DAMIT STEHT ZWEI- FELSFREI FEST...
... DASS DER PRINZ DER ANHÄNGLICHE- RE VON DEN BEIDEN IST.
OH!
ALLES AUF EINMAL ZU HÖREN, SCHLÄGT MIR AUF DEN MAGEN.
ICH WÜRDE ECHT GERN NOCH MEHR HÖREN, ABER ICH MUSS MORGEN FRÜH RAUS, ALSO LASS UNS EIN ANDERMAL WEITERREDEN.
OKAY.

ICH ZAHLE MIT KARTE.
SELBST-VERSTÄNDLICH.
AH...
APROPOS, GIBT ES IRGEND-WAS NEUES VON DIESEM LEBER-FLECK-ONKEL?
LEBERF... MEINST DU HERRN TATARA?
NEIN... ICH SEHE IHN EIGENTLICH NUR BEI DEN DREHS VON „RANGER CAMPUS".
AH!
ABER WIE'S SCHEINT, HAT ER SEIT MEINEM DESASTRÖSEN AUFTRITT IN DER QUIZSHOW DIE NASE VOLL VON MIR, DENN ER REDET KAUM NOCH MIT MIR.
SEUFZ
WUPP
GONG
HMMM.
WENN SONST NICHTS PASSIERT IST, IST DOCH ALLES GUT.
ABER FALLS DIR IRGENDWAS KOMISCH VORKOMMT, DANN SAG ES MIR, OKAY?
SCHLUCK
DANKE... HANAOKA.

MANN, SIEHST DU SÜSS AUS!!
HAAACH!! WÄRST DU SINGLE UND NICHT DAS GE- NAUE GEGENTEIL VON MEINEM TYP, WÜRDE ICH DICH JETZT AUF DER STELLE AB- SCHLEPPEN!
HAHA!
DANKE, SCHÄTZE ICH.
* DER JÜNGERE.
* DER ÄLTERE.
BLEIBST DU NOCH HIER UND TRINKST ALLEIN WEITER?
JA.
ICH... WILL JETZT NICHT NACH HAUSE.
PASSEN SIE GUT AUF DEN JUNGEN AUF!
OKAY.
DANN BIS BALD.
BIS BALD.
ACH JA, SEIN FREUND DREHT GERADE DIESE KUSSSZENE.

WIRKLICH... SO LANGSAM MÜSSTEST DU ES DOCH MERKEN...
... SHIN.
KALONK
ACT. 8 - ENDE

BLACK OR WHITE

BLACK OR WHITE

ACT. 9

HEUTE FEIERN WIR DAS DREHENDE ...
... VON KENGO TATARA IN DER ROLLE DES TOMA.
GUTE ARBEIT!
CLAP
CLAP
CLAP
CLAP
GUT GEMACHT, TATARA!
AH...
ÄHM...

ICH WERDE MEIN BESTES GEBEN, DAMIT ICH BEI UNSEREM NÄCHSTEN GE-MEINSAMEN DREH ETWAS REIFER BIN... ÄHM...
NUN TU DOCH NICHT SO...
SSST
FLAFF
... ALS WÜRDEN WIR UNS NUR NOCH BEI DREHS TREFFEN.
IDIOT!
...?

HERR...
...TATARAAA!
Herr Tatara
080-
MEINTE ER DAMIT ...
... DASS ICH IHN JEDERZEIT ANRUFEN KANN?
ABER ICH WILL NICHT, DASS SHIGE SICH SOR-GEN MACHT.

DU HAST DICH ALSO MIT HERRN TATARA ANGEFREUNDET.
DAS IST ZIEMLICH BEACHTLICH FÜR JEMANDEN, DER IM UMGANG MIT ANDEREN SO UNBEHOLFEN IST WIE DU.
JA.
ER HAT MICH GELOBT!!
ICH DACHTE WIRKLICH...
... SICH ZU VERNETZEN SEI IN DIESEM BUSINESS DAS A UND O, ABER...
WENN EINER...

... DEN JUNGEN BESCHÜTZEN KANN, DANN ICH.
...
DEN JUNGEN?
ABER SIE SOLLTEN AUCH IHREN TEIL TUN UND IHR RISIKO-MANAGE-MENT...
... BEZÜGLICH DES JUNGEN UND SEINES FREUNDES NOCH MAL GRÜNDLICH ÜBERDENKEN.
BISHER IST ALLES GUT GEGANGEN, ABER...

...
ICH WEISS NICHT, WOVON SIE REDEN.
HA!
KEINE SORGE, ICH HABE NICHT VOR, DIE SACHE AN DIE GROSSE GLOCKE ZU HÄNGEN.
UND ICH WILL IHNEN AUCH NICHT DROHEN.
ICH HABE NUR...
... KEINE LUST, DABEI ZUZUSEHEN, WIE EIN SO TALENTIERTER JUNGE WEGEN EINER DUMMEN SACHE WIE DIESER UNTER DIE RÄDER KOMMT.
ABER DAS NUR AM RAND ...
IN ERSTER LINIE BIN ICH HIER, WEIL ICH MIT DEM AGENTURWECHSEL EINEN NEUANFANG VERBINDEN MÖCHTE UND ALS SCHAUSPIELER WIEDER MEIN BESTES GEBEN WILL.
RICHTEN SIE DAS IHREN VORGESETZTEN BITTE AUS.

ACH JA.
ER WEISS NICHTS DAVON, ALSO BITTE BEHALTEN SIE ES VORERST FÜR SICH.
ALLEM ANSCHEIN NACH KANN ICH IHM WOHL VERTRAUEN.
ABER ...
ICH HABE DIR DAS NEULICH SCHON GESAGT ...
... WENN DU DICH ANSTRENGST, WIRST DU OHNE ENDE AUFMERKSAMKEIT VON DEN MEDIEN BEKOMMEN.
DOCH DAMIT VERBUNDEN WÄCHST AUCH DAS RISIKO FÜR EUCH BEIDE.

JA.
...
DAS SAGST DU SO, ABER DU HAST JA KEINE AHNUNG.
AH, GEHT ES UM MEINEN RUF WEGEN DES AUFTRITTS IN DER QUIZSHOW NEULICH?
ICH KANN MIR SCHON VOR-STELLEN, WIE SIE AUF MICH EINHA-CKEN. ICH STAND AUCH WIRKLICH NEBEN MIR.
ICH WÜNSCHTE, SIE HÄTTEN DIE GANZE SZENE RAUS-GESCHNITTEN!
ACH WAS.
ICH REDE DOCH NICHT VON DIR.
HÄ?

SHIGERU OSAWA „REIFE FRAUEN"
...!!
SHOCK
ICH HABE MIR DAS DREHBUCH ZEIGEN LASSEN...
... UND FINDE DIE SERIE EHRLICH GESAGT RICHTIG SCHLECHT.
DER JUNGE WURDE GLEICH BEI SEINEM DEBÜT VIEL ZU SEHR HOCHGE-JUBELT. SO WAS SCHLÄGT SCHNELL INS GEGENTEIL UM UND DIESE SERIE WIRD DEN ANLASS DAFÜR LIEFERN.
ER WIRD EINEN STURM AN KRITIK ERNTEN, SOWOHL VON SEITEN DER ZUSCHAUER ALS AUCH VON SEITEN DER KOLLEGEN.

UND WENN DU PECH HAST...
DANN WERDEN EINIGE SICH NICHTS MEHR WÜNSCHEN ALS EINEN SKANDAL.
UND DA ES VIELE GIBT, DIE GEFALLEN DARAN FINDEN, WENN IDOLE IN DEN DRECK GEZOGEN WERDEN...
... WIRD ES GROSS DURCH DIE PRESSE GEHEN.
...
... WIRST DU AUCH IN DIE SACHE VER-WICKELT.
„KONNTEST DU DEINEN TRAUM, FÜR DEN DU SO HART GEARBEI-TET HAST UND DER ENDLICH IN GREIFBARE NÄHE GERÜCKT IST..."

"... FÜR MICH OPFERN?!"
HERR UMEJIMA ...
ICH BIN IHNEN WIRKLICH DANKBAR FÜR ALLES, WAS SIE TUN.
UND MIR IST KLAR, DASS ICH DEN BERUF, DEN ICH JETZT AUSÜBE...
... NUR MACHEN KANN, WEIL MICH SO VIELE LEUTE UNTERSTÜTZT HABEN.
DESHALB WEISS ICH AUCH, DASS MEINE DENKWEISE WAHRSCHEINLICH NAIV IST.

ABER TROTZDEM... ICH KANN MICH NICHT VON SHIGE TRENNEN.
DENN IHN ZU VERLIEREN...
... WÄRE FÜR MICH DASSELBE WIE ALLES ZU VERLIEREN.
OHNE IHN...
... WÜRDE ICH SICHER ...
... ZERBRECHEN WIE EIN STROHHALM.
SIEH AN, DIESE ART VON GESICHTSAUSDRUCK HAST DU ALSO AUCH DRAUF.

„DIESE BEZIE-HUNG ...“
„... GIBT MEINEM JUNGEN PSYCHI-SCHEN HALT ... DAS IST WICHTIG.“
DANN SOLLTE MAN ...
... DIE SACHE VIELLEICHT TATSÄCHLICH EINFACH LAUFEN LASSEN.
OKAY, VERSTAN-DEN.
ABER VER-STEHE DU BITTE AUCH, DASS ICH ...
... DEIN AGENT BIN UND DICH ALS SOLCHER BESCHÜTZEN MÖCHTE.
HH ...
じん ...
SCHLUCK
NATÜRLICH ...
AUSSER-DEM ...

... IST ES NICHT SO, DASS ICH EINE ABNEIGUNG GEGEN OSAWA HABE.
IM GEGENTEIL, ICH BIN IHM DANKBAR.
HÄ?
HAH ...
HAH ...

ガチャッ
KLACK
ICH BIN WIEDER DA!!
OH!
SCHLUNZ
WILL-KOMMEN ZURÜCK...
スッ
SSST
ICH HAB DEINE TASCHE SCHON GEPACKT.
ABER WENN DU SO WENIG ZEIT HAST, UM ZUM NÄCHSTEN GIG ZU KOMMEN, HÄTTEST DU WIRKLICH HERRN KOSUGE BITTEN KÖNNEN, SIE ZU HOLEN.
ぎゅ
HUG
...
WO DU SO IM STRESS BIST.

GING NICHT.
HUUUG
DAS KONNTE ICH NICHT.
DU WEIBER-HELD!

NOCH MAL.
ドサッ
FLUMP

...
HABE ICH DICH ZURÜCKER-OBERT?
JA.

BOFF
UMPH
HAAACH, WAS SOLL DAS EIGENT-LICH STÄN-DIG?!
HAHA...
IMMER, WENN DU EINE KUSSSZENE HATTEST, KOMMST DU ANGEDÜST UND BENIMMST DICH WIE EIN IDIOT!!
SIEH ES EINFACH ALS EINE ART HAHNREI-SPIEL...
WAS IST DENN EIN HAHNREI?
ACH, SCHON GUT.
JEDENFALLS WERDE ICH SICHER AUCH BALD LIE-BESSZENEN SPIELEN.
SORRY.
...
HMP ...

ポス
BOFF
ぐり
BOHR
DANKE ...
SHIN?
NA LOS, SONST FLIEGT DAS FLUGZEUG OHNE DICH.
UND DAS WÄRE ÜBEL.
AH!!

ALSO DANN.
HETZ
HETZ
BIS BALD.
SHIGE!
HM?
MACHT DIR ...
... DEINE ARBEIT SPASS?

JA.
MACH'S GUT UND BIS BALD.
HERR OSAWA

DIE ERSTE FOLGE HATTE NUR 9%.
WAS?! BEI DER BESET-ZUNG?
„DER BUZZ NACH DEM SHOWBIZ-BLITZ IST IHM WOHL ZU KOPF GESTIEGEN."
„LOL, DIE SÜSSE UNSCHULD VOM LAND HEBT DIE HAND! WIE UNCOOL IST DAS DENN?!"
„OKAY, ES WAR SEIN ERSTER GALA-AUFTRITT, ABER DA WAR ER WOHL ZU AMBITIONIERT."
„KONNEN SCHAUSPIELER SICH NICHT AUFS SCHAUSPIELERN BESCHRANKEN?"
„EIN AUFTRITT IN EINER TV-SHOW UND ES GEHT BERGAB."
„WENN ICH WASHIMIYA IN EINER SEINER SCHURKENROLLEN SEHE, KRIEG ICH WEICHE KNIE."
„JA, EIN ‚DARK CAPTAIN' ZUM KNUDDELN."
„DIE ROLLE DES ASO IST DEM KERL AUF DEN LEIB GESCHRIEBEN."
„DER GEBORENE CAPTAIN."
„ICH HATTE IHN SCHON AUF DEM SCHIRM, ALS ER NOCH STATIST WAR."
„WOW, EIN FAN-VETERAN!"
„ICH WILL NICHT, DASS ER BERÜHMT WIRD."
„SAME."
DIE WERBE-EINNAHMEN GEHEN IN DEN KELLER.
SIE WOLLTEN DIE SERIE UNBEDINGT DURCH-PEITSCHEN, ABER...

ER SCHEINT SICH GUT MIT TATARA ZU VERSTEHEN.
EINE ETWAS ÜBERRASCHENDE, ABER GUTE KOMBI.
... VIEL-LEICHT WIRD SIE DOCH ABGE-SETZT.
WAAAAS?
MURMEL MURMEL ANGEHT, MURMEL MURMEL FÜR BESSER, MURMEL MURMEL ZU DENKEN.
DU SIEHST DIR NICHT DIE EIGENEN KRITIKEN...
... SONDERN IMMER NUR DIE VON SHIN AN, STIMMT'S?
WEIL MIR EGAL IST, WAS MIT MIR PASSIERT.

UND WEIL ICH MEHR ALS JEDER ANDERE WILL, DASS SHIN ERFOLG HAT.
HM.
DIE FRAGE IST, WAS WIRKLICH DAHINTER-STECKT.
WIE VIELE FERNSEHAUF-TRITTE SIND ES NOCH?
NOCH ZWEI. DER LETZTE IST ZUSAMMEN MIT FRAU HORIKIRI.
UND MOR-GEN SIND DIE AUFNAHMEN FÜR DAS WERBE-MINIDRAMA IM FRÜHSTÜCKS-FERNSEHEN.
KRRZ
KRRZ
HAAH ...

NA... HAST DU WIEDER MAL DIE NASE VOLL VOM SHOWGE-SCHÄFT?
ES IST JA NICHT SO, DASS ES MIR KEINEN SPASS MACHT.
ICH HAB NICHTS GEGEN TV-SHOWS.
UND WERBE-DREHS FALLEN MIR LEICHT.
WIRK-LICH.
ES IST NUR...
... DASS ICH MICH STÄNDIG FRAGE, WAS ICH HIER EIGENTLICH MACHE.
NACH WIE VOR.

TUT MIR LEID.
HIER, EIN GESCHENK VON FRAU HORIKIRI.
GREIF ZU!
OKAY, DAS IST WOHL NICHT ZU ÄNDERN.
UND DAFÜR, DASS DU KEINE RICHTIGE LUST HAST, NIMMST DU EINE MENGE GELD EIN.
...
GELD IST MIR EGAL.
ABER ICH GLAUBE, DER NÄCHSTE JOB KÖNNTE DIR WIRKLICH SPASS MACHEN.
DER NÄCHSTE?
DAVON HABE ICH DIR DOCH NEULICH SCHON ERZÄHLT.
DA HAST DU WOHL NICHT ZUGE-HÖRT?

IN KÜRZE FINDET DAS ERSTE CASTING-TREFFEN STATT.
OFFENBAR WURDE VIELES ERST AUF DEN LETZTEN DRÜCKER ENTSCHIEDEN.
KRAM
KRAM
AHA.. ALSO IST ES SCHON ENTSCHIEDEN.
NA SCHON.
SOLANGE KEINE BETTSZENEN DABEI SIND, ÜBERLASSE ICH DIE AUSWAHL DER ROLLEN IHNEN.
ES GEHT UM EIN GEGENSÄTZLICHES DUO, BESTEHEND AUS EINEM POLIZISTEN UND EINEM PRIVATDETEKTIV. DER EINE IST EIN FIESES, NIEDERTRÄCHTIGES GENIE...
... DER ANDERE EIN FÄHIGES, CLEVERES RAUBEIN.
DREHPLAN FÜR DIE NEUE SERIE AUF TCS

DAS HEISST, ES IST KEIN LIEBES-DRAMA.
NEIN. MAL WAS NEUES, ODER?
FLAPP
STIMMT, BISHER HABE ICH NUR IN LIEBESSCHNUL-ZEN FÜR EIN WEIBLICHES PUBLIKUM MIT-GESPIELT.
ALLER-DINGS...
... WIRD MAN BEI SOLCHEN BUDDY-MOVIES STÄNDIG MIT SEINEM PARTNER VERGLICHEN.
ICH GLAUBE NICHT, DASS MIR DAS SPASS MACHT.
UNSER AGENTURCHEF, DIESER IDIOT, WAR ALLERDINGS DAGE-GEN UND MEINTE, ICH SOLLE DIR NUR ROLLEN BESORGEN, BEI DENEN DU MIT DEINEM AUSSEHEN GLÄNZEN KANNST.

HAAH...
REGISSEUR:
PRODUZENT:
AKI TSUKIMOTO
CAST:
DAMIT HAT ER DOCH VOLLKOMMEN RECHT.
HM?

ACH JA, HAST DU SCHON DAVON GEHÖRT? VON DEM AGENTURWECHSEL, MEINE ICH.
HÄ?
WAS DENN?
UNSERE AGENTEN WAREN DOCH VÖLLIG AUS DEM HÄUSCHEN...
... WEIL EIN BEKANNTER, ERFAHRENER SCHAUSPIELER ZU UNSERER AGENTUR GEWECHSELT HAT.
UND? SIEHT ER GUT AUS?
はぁあ
STRAAAHL
JA, SEHR SOGAR.
ECHT?!
UNSERE AGENTUR IST NOCH ZIEMLICH KLEIN, ALSO SIND DAS WOHL GUTE NACHRICHTEN!
UND? WER? WER IST ES?

ÄÄÄHM, ICH GLAUBE ...
ガチャ
KLACK
BITTE ENT-SCHULDIGEN SIE DIE VER-SPÄTUNG.
KEIN PROBLEM, DIE ANDEREN SIND AUCH GERADE ERST GE-KOMMEN.
SIE HABEN SICHER VIEL UM DIE OHREN.

TUT MIR LEID.
SCHON GUT. NOCH SIEHT MAN ES DIR NACH, WEIL DU SO „VIEL UM DIE OHREN" HAST.
WIE BITTE?
ガタ
KRONK

CUUUT!
WAS IST DENN LOS? DAS WAR DIE FALSCHE BEWEGUNG!
ZUM STEIN GEHEN UND SPRINGEN!
ENTSCHULDIGUNG.
ALLES OKAY?
JA.
TUT MIR LEID.
SCHON GUT.
ICH HAB AUCH GEPÄTZT.
FHH ...
AUSSERDEM ...

... IST ES NICHT SO, DASS ICH EINE ABNEIGUNG GEGEN OSAWA HÄTTE.
IM GEGENTEIL, ICH BIN IHM DANKBAR.
HÄ?
WEIL ER...

... NUR INS SHOW-GESCHÄFT EINGESTIEGEN IST, UM DICH ZU BESCHÜTZEN.

ACT. 9 – ENDE

BLACK OR WHITE

BLACK OR WHITE
ACT. 9.5
Also wirklich!
Lassen Sie das bitte!!
Den armen Osawa mit derart obszönen Sprüchen zu belästigen.
HAAAAH…
Hääää?! Der Prinz ist doch ein Mann!
Und seine Agentur ist NG!!
TOOOS
HA! HA! HA! HA! HA! HA!
Aber der Prinz ist ein vornehmer Mann.
IM GEGENSATZ ZU MIR?!
HAHA… ICH BIN…
… AUCH NUR EIN MANN.
WAS FÜR EIN BANALER BLÖDSINN.
HA! HA! HA!
きゃあああ
KYAAAH

へらっ
GRIEN
す―…
ZZZ
ER HAT EINEN MANGA GELESEN, UM WACH ZU BLEIBEN.
WIE SÜSS VON IHM... DABEI WAR ER SO MÜDE.
„ABER DER PRINZ..."
ZZZ
ZZZ

"... IST DOCH EIN MANN!"
SEHR RICHTIG.
KREEK
FLAPP
KISS
UND WENN MEIN LIEBSTER...
... NACH DEM SHAMPOO...
... DAS ICH SELBST AUSGESUCHT HABE, DUFTET...
FUWAH

HAAAH ...
KISS
VERDAMMT.
KISS
SUSH
... KRIEGE ICH SOFORT EINEN STEIFEN.
DER KOMMT IN LETZTER ZEIT VIEL ZU KURZ.
SSST

WACH AUF, SHIN!
ZUCK
NN...
HAAH...
HAAH...
HAH...
SONST ...
HAH...
... VERGEHE ICH MICH NOCH AN DIR!
KREEK
ギシ
HAH...

HAAH...
ギシ
KREEK
HAH...
ギシ
KREEK
ギシ
KREEK
ギシ
KREEK
ギシ
KREEK
HAH...
HAH...
KREEK
HAH...
ギシ
KREEK
ギッ
KREEK
ギッ
KREEK
HAH...
ギシ
KREEK
ギ
KREEK
HAH...
HAH...
HAH...
KREEK
ギッ
KREEK
ギシ
KREEK
ギシ
KREEK
HAH...
AAAH...

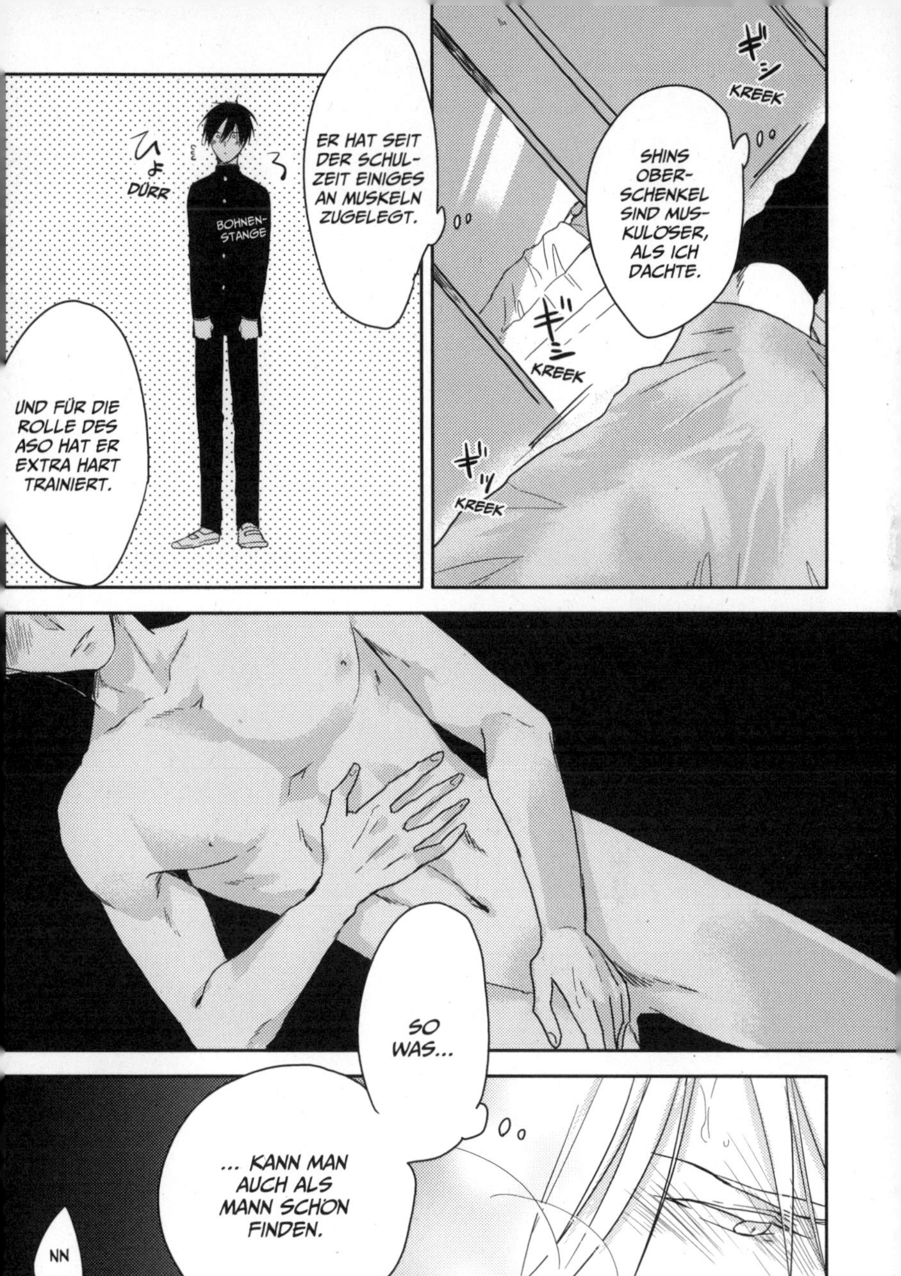
ギシ
KREEK
SHINS OBER-SCHENKEL SIND MUSKULÖSER, ALS ICH DACHTE.
ギシ
KREEK
ギッ
KREEK
ER HAT SEIT DER SCHULZEIT EINIGES AN MUSKELN ZUGELEGT.
ひょ
DÜRR
BOHNEN-STANGE
UND FÜR DIE ROLLE DES ASO HAT ER EXTRA HART TRAINIERT.
SO WAS...
... KANN MAN AUCH ALS MANN SCHÖN FINDEN.
NN ...

MNN...
ビクッ
ZUCK
!!
WUPP
BI...
ZZZ
ZZZ
BIN ICH ERSCHRO-CKEN.
ばく
BDUMB
ばく
BDUMB
ICH MUSS DAMIT AUFHÖ-REN!
ばく
BDUMB
ばく
BDUMB
WENN ER ES MERKT, HASST ER MICH BE-STIMMT.
ICH MUSS AUFHÖ-REN!
SO WAS MACHT MAN NICHT!
ばく
BDUMB
ばく
BDUMB

ICH MUSS AUFHÖREN.
HAH ...
ギシ
KREEK
HAH ...
ギシ
KREEK
HAH ...
ギシ
KREEK
HAH ...
ギシ
KREEK
ギシ
KREEK
HAAH ...
HAH ...
ギシ
KREEK
ギシ
KREEK
HAH ...

ギシ
KREEK
ギッ
KREEK
FHH ...
FHHH ...
ギッ
KREEK
HUH...
パン
PAMM
PAMM
パン
PAMM
BIST DU WAHNSIN-NIG?!
パン
PAMM
パン
PAMM
FHHH
FHHH
HÖR ENDLICH AUF!
パン
PAMM
パン
PAMM

KH...
ZITTER
NEIN.
ICH BIN WEDER EIN PRINZ...
... NOCH EIN GENTLEMAN.

FH ...
ZUCK
ぴくっ
ZUCK
ぴく
KH ...
HAAAH ...
HAAAH ...
GLIBB
HAAAH ...
HAAAH ...

AAAAAAAAAARGH!!!!
PRINZ
SORRY!!
WISCH
WISCH
MN...
VERGIB MIR, SHIN.
MNJU ...
HUUUG
ICH BIN ECHT DAS LETZTE! ICH WÜNSCHTE, ICH WÄRE TOT!
MNJUUU
UND TROTZ-DEM...
SHIN HAT WAS BESSERES VERDIENT ALS EINEN ARMSELI-GEN WURM WIE MICH!!
NN ...

MNJA...
SHIGE ...
ICH LIEBE DICH.
... WILL ICH FÜR IMMER BEI IHM BLEIBEN ...
ICH SAGE ZWAR NICHTS OBSZONES, ABER...
... ICH BEFRIEDIGE MICH ZWISCHEN DEN SCHENKELN MEINES SCHLAFENDEN FREUNDES (♂), SPRITZ IHM INS GESICHT UND BENUTZE DIE ERINNERUNGEN DARAN EINEN MONAT LANG ALS WICHSVORLAGE.
MEIN GESICHT SPANNT SO KOMISCH.
ICH HABE GETRÄUMT, ICH HÄTTE EINEN ZAPPELNDEN WELS ZWISCHEN DEN BEINEN.
PITCH
PITCH
KRUIK
KRUIK
AHA ...
ACT. 9.5 - ENDE

NACHWORT

HALLO, ICH BIN SACHIMO. UND DIES IST BAND 3 MIT EINEM ETWAS UMFANGREICHEREN BONUSKAPITEL. ICH HOFFE, DASS IHR AUCH WEITERHIN SPASS AN MEINER GESCHICHTE HABT UND DASS ICH WEITERHIN SPASS AM ZEICHNEN UND EIN SPASSIGES LEBEN HABE. ES LIEGT NOCH EINIGES VOR UNS, ALSO BLEIBT MIR AUCH WEITERHIN TREU.

SACHIMO

MANGA 漫画

EGMONT